AF310593

MES
SOUHAITS

POUR L'ANNÉE 1816.

Cieux, écoutez ma voix. Terre, prête l'oreille.
Ne dis plus, ô Jacob, que ton Seigneur sommeille.
Pécheurs, disparoissez, le Seigneur se réveille.
JOAD. *Athalie*, act. III.

IMPRIMERIE DE LE NORMANT, RUE DE SEINE, N°. 8.

PARIS,

LE NORMANT, IMPRIMEUR-LIBRAIRE,
1815.

MES SOUHAITS

POUR L'ANNÉE 1816.

JE souhaite que cette année soit l'ère du bonheur.

Je souhaite que la paix devienne la reine du Monde.

Je souhaite que, pour l'obtenir, puisqu'elle est l'ouvrage de la vertu, chacun ne cherche plus d'autre mobile de ses désirs et de ses actions que dans la religion, base de la morale et garantie des sociétés.

Je souhaite que le règne de la vérité arrive avec la justice, et qu'elles tuent l'imposture et le mensonge.

Je souhaite que la foi des sermens ne soit plus illusoire, et que l'idée du parjure fasse frémir tout homme qui pourroit être tenté de s'en rendre coupable.

Je souhaite qu'on ne mette plus d'équivoque entre le faux et le véritable honneur; que le véritable reste l'unique guide de la conduite, de même qu'il est la sauve-garde de la probité.

Je souhaite que le royaume de France, qui n'avoit jamais été gouverné que par des rois nés Français, ne perde plus cet avantage.

Je souhaite que les descendans de saint Louis, légitimement remontés sur leur trône, règnent à perpétuité et sans trouble sur la France, par droit de primogéniture, selon les lois de la monarchie.

Je souhaite que les Français, si renommés pour l'amour qu'ils portoient à leurs Rois, reprennent cette précieuse vertu qui fut, de tout temps, la source de leur gloire et l'édification des peuples de l'Europe.

Je souhaite que, fatigués de vivre dans les dissensions que les êtres les plus corrompus cherchent à entretenir parmi nous, nous ayons le courage de les faire cesser, en nous unissant de concert pour forcer les perturbateurs à rentrer dans le devoir.

Je souhaite que ceux qui ont des yeux voient, et que ceux qui ont des oreilles entendent, afin que, par une fausse sécurité, la France ne soit pas perdue sans retour.

Je souhaite que la justice cesse d'être muette ; la police immobile, l'armée séditieuse, et les autorités anarchiques, ou désobéissantes ou *perfides*.

Je souhaite que l'on puisse sentir la nécessité d'une loi répressive des abus de la liberté de la presse ; que les journaux soient réduits ; qu'ils ne puissent annoncer que des faits avérés, et n'aventurer jamais le moindre *on dit*.

Je souhaite que, par la protection divine, et la sagesse des membres qui composent, les deux

Chambres dont le Roi vient de s'entourer, l'harmonie règne dans leurs délibérations, et que nous prouvions à la France inquiète, et aux Alliés qui nous observent, que lorsqu'on est fort d'une conscience pure, et que l'on n'est dirigé par aucune passion étrangère à celle de l'amour du Roi et de la patrie, on sait parvenir à rendre à son pays l'ordre, la paix et le bonheur.

Je souhaite, ainsi que le sollicitent impérieusement la sécurité du trône, les intérêts de l'Etat, et, je ne crains pas de l'ajouter, la sûreté des *fidèles* que leur dévouement au Roi avoit fait proscrire pendant l'usurpation ; je souhaite, dis-je, que tous les coopérateurs incorrigibles de la criminelle réaction soient punis et mis hors d'état de troubler de nouveau la société.

Je souhaite que tous les ministres soient purs, fermes et loyaux ; qu'ils soient convaincus que la France et le Roi ne peuvent être sauvés que par la plus active vigilance, et qu'ils n'aient, autour d'eux, que des hommes qui pensent et veulent la même chose.

Je souhaite donc que quelques bons royalistes influens ne se laissent pas circonvenir et séduire par des hommes méticuleux, qui leur font croire qu'il est nécessaire de voir, dans le ministère, de soi-disant modérés, pour offrir une garantie aux partisans des idées *libérales* qui se disent amis de la Charte ; car ces modérés n'offriroient qu'une garantie à l'impunité des crimes passés, et un encouragement à des crimes nouveaux.

Je souhaite donc encore que les vrais royalistes se mettent en garde contre le langage perfide et artificieux de ces donneurs de conseils, qui, sous le masque de la modération, cachent des vues secrètes et machiavéliques qui nous conduiroient à de nouveaux troubles.

Je souhaite aussi la modération dans le gouvernement; mais je voudrois qu'elle s'alliât avec la fermeté, la vigilance, et la résolution inébranlable d'écarter tous les hypocrites, et de rendre au Roi toute la plénitude de son autorité.

Je souhaite que, par la force du pouvoir légitime et le concours des bons Français, les têtes de l'hydre révolutionnaire soient abattues, et qu'un nouvel Hercule, digne dépositaire de l'autorité suprême, purge enfin toutes les Administrations de ces pestes publiques qui viennent mendier les emplois et les salaires dus à la fidélité, pour se faire les satellites de la trahison.

Je souhaite qu'il soit, en conséquence, pris des mesures certaines pour qu'on ne voie plus reparoître, près du trône et de la Famille Royale, ni dans les Corps, ni dans les Administrations, de ces hommes à double visage et à double conscience, se vendant à tous les partis, et n'ayant jamais su se signaler que par l'intrigue, la trahison, le parjure et l'audace.

Je souhaite, par exemple, qu'on se défie un peu plus de certains hommes en place, qui, peu de jours avant le 1er mars, partirent de Paris pour aller, en apparence, au Nord, mais qui, dans le fait, se dirigèrent dans le Midi, revinrent à leur poste après l'entrée de Buonaparte à Paris, prêtèrent serment, signèrent l'acte additionnel, disoient alors du bien du Roi pour avoir le droit de dire beaucoup de mal des Princes, et qu'on dit avoir vus à Gand lorsque la chance tournoit contre l'usurpateur. Ces royalistes masqués n'inspireront jamais la confiance aux vrais amis des Bourbons.

Je souhaite que les avenues du trône soient tellement débarrassées de cette tourbe, qu'elle n'en ferme plus le passage à ces vieux amis de la royauté, à ces serviteurs fidèles, qui, pour prix de leur zèle, de leurs sacrifices et de leur amour pour leur maître chéri, ne demandent qu'à lui rendre un pur hommage, à le couvrir de bénédictions, et à le voir heureux.

Je souhaite qu'on ne se lasse jamais de surveiller la malveillance, que l'on soit, surtout, en garde contre certains cercles, certaines coteries que forment tous les jours les apôtres rusés de l'usurpateur, qui, feignant de l'avoir abandonné, et affectant un royalisme exalté, conspirent, en comités secrets, pour faire éclater inopinément quelque machination infernale contre la maison de Bourbon.

Je souhaite que non-seulement on déjoue ces sectaires hypocrites, parmi lesquels figurent des femmes, mais qu'on les signale et qu'on les investisse si bien, que les armes qu'ils aiguisent à l'ombre de la perfidie puissent se tourner contre eux, et devenir les instrumens de leur propre destruction.

Je souhaite que tant d'avis venant de toute part sur ces sourdes manœuvres, ne puissent être confiés qu'à des hommes incorruptibles, et non, comme cela arrive journellement, à ces agens infidèles, sentinelles déguisées, que le parti a su, par son influence, faire conserver dans les bureaux, pour avertir de tout ce qui s'y passe, et, comme avant le 20 mars, entraver les opérations du gouvernement.

Je souhaite que l'âpreté scandaleuse avec laquelle les faux royalistes courent après les places, soit à Paris, soit dans les départemens, fasse rougir l'intrigue qui veut tout, et qu'ils ne puissent plus dire : *Nul n'aura d'emploi que nous et nos amis.*

Je souhaite que l'on appelle aux emplois ces hommes purs et honnêtes, qui surent rejeter les offres de la tyrannie qu'ils n'ont jamais voulu servir, et qui, avec des talens, ont conservé assez de pudeur morale pour attendre des jours plus heureux, ainsi que ceux qui ont servi avec honneur et probité pendant les orages, et que la voix publique proclame toujours.

Je souhaite qu'on nous délivre du régime de la bureaucratie, et que les commis ne soient que des commis, et non des hommes puissans.

Je souhaite qu'on ne se borne pas à plaindre le sort de tant d'honnêtes malheureux qui végètent sur le sol français, mais qu'on leur assure

enfin des secours dont la mort les priveroit bientôt si on les leur faisoit trop attendre. « *Celui
qui vit dans l'espérance, court risque de mourir
de faim.* »

Je souhaite qu'on abrège, à cet effet, tous les
retards qu'entraîne l'administration fiscale, pour
faire arriver aux indigens les bienfaits dont le
meilleur des Rois veut les faire jouir.

Je souhaite qu'on voie se rétablir les administrations municipales, telles que nous les avions
reçues des Romains, et que les deniers du peuple,
de la veuve et de l'orphelin, ne salissent pas tant
de mains.

Je souhaite que, par suite de la protection
divine, le bandeau de l'illusion dont on fascine
encore les yeux d'une portion de Français restés
dans l'égarement, se déchire tout à coup, et
qu'enfin, avertis par leur conscience, pressés par
le besoin du repos, et décidés par la certitude
de jouir du bonheur, ils désertent spontanément
les bannières rebelles, et accourent en foule se
ranger sous celles d'un tendre père qui les
rappelle, et d'un Roi qui pardonne.

Je souhaite que, ne se bornant pas à cette
démarche honorable, chacun d'eux s'empresse
de prononcer, entre les mains de l'autorité légale,
une abjuration solennelle appuyée du serment
d'être fidèle ; retour désirable, qui, dans ces
temps de calamité, consoleroit un bon Roi, lui
rendroit des enfans égarés et de bons serviteurs,
à la patrie des défenseurs, et aux bons Français
des frères.

Je souhaite que, s'il pouvoit rester encore quelques forcenés incurables, ils soient témoins d'un exemple si beau, et que, dans leur rage désespérée, ils fuient de cette belle France qu'ils ont souillée de tant de forfaits, et aillent, loin d'elle, cacher leur monstrueuse existence.

Je souhaite que, dans cette circonstance impérieuse et unique de sa nature, on prenne une mesure de sûreté qui fasse taire les plaintes hypocrites, et ruine sans ressource tous les moyens de conspirer et de troubler encore.

Je souhaite donc que quiconque s'est rendu coupable du crime de défection à la cause du Roi, pour s'engager dans le parti contraire, et persiste à demeurer dans sa rébellion, subisse, au moins, la peine de déportation. Puissent mes idées, à cet égard, être aussi bien accueillies que je les crois conformes à l'équité !

Je souhaite, après tout ceci, que les Alliés, témoins de nos discordes, le soient aussi de notre réunion ; qu'il ne leur reste plus qu'à admirer la franchise avec laquelle elle se sera opérée, et qu'ils soient forcés, par ce magnanime exemple, de nous rendre leur estime, et de nous reconnoître comme un peuple grand et généreux.

Je souhaite que nous leur fassions éprouver par nos procédés à leur égard, que si nous avons momentanément eu à souffrir de leur présence, nous avons aussi assez de loyauté pour reconnoître les éminens services qu'ils nous ont rendus, et que nos vœux les plus sincères seront toujours de nous maintenir en paix avec eux.

Je souhaite qu'en attendant les beaux jours où le Roi n'aura plus besoin, comme je me plais à l'espérer, *de n'être entouré que par les cœurs de ses sujets*, il ne trouve, dans sa garde et brillante et nombreuse, que des hommes jaloux de s'immortaliser par leur gloire et leur fidélité, à l'exemple de leurs illustres devanciers aux combats de Leuze et à la bataille de Fontenoy.

Je souhaite qu'il en soit de même de l'armée que l'on va recomposer ; elle trouvera, dans les annales françaises, les grandes leçons et les admirables exemples dont il est si important de s'instruire avant d'embrasser la profession des armes.

Je souhaite que l'esprit de cette nouvelle armée devienne aussi pur que la couleur sans tache qu'elle doit reprendre ; que tous ses membres, officiers et soldats, n'ayant plus qu'un même esprit, forment entr'eux une union sainte, indissoluble, inébranlable.

Je souhaite que toute troupe soldée sache, en se conformant aux règles de la subordination et de la discipline, se contenter de la paie que le Roi lui donne (elle suffit à ses besoins) ; et qu'inaccessible à toute idée d'avarice ou de vénalité, elle ait toujours devant les yeux *que l'honneur est le trésorier du soldat*.

Je souhaite que, si, après avoir consolidé la

paix et l'harmonie intérieure, on croie encore nécessaire de conserver sur pied une force civile armée , on substitue au nom de *gardes nationales*, celui de *gardes royales de France*, ou toute autre dénomination analogue.

Je souhaite que l'idée toujours présente des désordres qui sont résultés de l'abus de ces dénominations, fasse sentir l'impérieuse nécessité de les faire disparoître , sans que la gloire que les gardes nationales se sont acquise, puisse jamais rien perdre de son lustre. Mais il est raisonnable, que le Roi étant identifié avec son peuple, tout doive se rapporter à Sa Majesté : d'ailleurs le mot *royal* est si beau , il a donné dans tous les temps un si noble élan à la valeur française, que sa gloire réclame qu'il revive et qu'il se perpétue. Si j'ose ici avancer une opinion qui m'a paru assez générale , je n'ai pas la prétention de m'ériger en réformateur. Je soumets simplement mes idées , et je désire que l'on rende justice à la pureté de mes intentions.

Je souhaite que, si on n'en vient pas à trouver plus avantageux de rendre à leurs foyers les citoyens qui composent la force civile armée , et que son existence militaire se maintienne, elle ne soit recomposée que de propriétaires de mœurs, de courage et de fidélité éprouvée; que les officiers soient choisis parmi les plus gens de bien, les plus capables et les plus expérimentés, les anciens officiers de l'armée et propriétaires.

devant avoir la préférence, lorsqu'ils sont sans *tache.*

Je souhaite qu'on écarte de ces choix une jeunesse dissipée et sans talens, qui n'ambitionne des grades que pour se surcharger d'épaulettes, et se montrer avec impudence dans les coteries et même à la cour, *sans s'occuper des devoirs de son état.*

Je souhaite que, conséquemment au licenciement général de toute arme, et aux différentes révisions ordonnées par le Roi sur la conduite des individus qui ont servi pendant l'usurpation, il ne puisse plus rester, dans aucun corps, ni traîtres, ni parjures, ni profanateurs de décorations données par le Roi; mesure sévère, mais de rigueur pour l'honneur des corps.

Je souhaite, pour la sûreté publique, qu'après le renvoi et la dégradation de ces coupables, ils soient mis sous la main de la surveillance qui doit s'assurer de leur conduite, et que leurs noms soient signalés.

Je souhaite que les Français, qui ont tant de maux à réparer, sentent la nécessité de cette mesure répressive, qui n'est que l'effet d'une justice que l'intérêt universel commande. Si, pendant le règne de la tyrannie, on a vu des hommes irréprochables soumis à une même surveillance, et s'y résigner sans murmure, ne doit-on pas se féliciter de ce qu'une justice impassible y condamne des perturbateurs qui, s'ils n'étoient

contenus ; rejetteroient la France dans une com-
bustion totale.

Je souhaite que, dans tous les corps de l'Etat,
les chefs et principaux officiers reprennent le
lustre et le maintien qui conviennent à leurs
places, et qui inspirent le respect.

Je souhaite que ce ne soit plus au terme de la
vie, où l'on a acquis plus d'expérience, de con-
sidération, peut-être plus de moyens d'être utile,
et mérité des récompenses, qu'on se trouve privé
du bonheur de pouvoir continuer ses services.

Je souhaite que, l'histoire à la main , les partisans de ce système se rendent compte de ce que
seroient devenus les Empires et les grands Etats ,
si on eût ôté le commandement aux sexagénaires
qui en ont été les sauveurs et les soutiens ; et com-
bien de fois ces mêmes Etats ont été en péril
sous des généraux jeunes et vaillans, auxquels
il manquoit l'expérience.

Je souhaite que les leçons de l'histoire ne soient
donc pas perdues pour nous ; qu'elles et nos
malheurs nous guérissent enfin de nos erreurs.

Je souhaite, qu'à cet effet, l'on compare
le point d'où nous sommes partis, nos jouis-
sances d'alors, et les pertes successives pour
lesquelles nous les avons échangées, avec la
honte d'avoir insulté au nom de Bourbon et à la
Royauté, pour mériter l'insigne honneur de devenir sujets des Marat, des Roberspierre, et
autres aventuriers dont nous payons aujourd'hui
la gloire par l'humiliation de l'envahissement.

Je souhaite que les cours de justice prennent une forme noble et imposante ; qu'on ne les voie plus occupées par des magistrats qui se sont, depuis le 20 mars, précipités au-devant des pas de l'usurpateur avec des adresses de félicitation, ou qui, depuis cette époque, se sont crus honorés en rendant la justice au nom du plus coupable des hommes.

Je souhaite qu'à cet égard la religion du Roi n'ait pas été surprise, et que le client innocent n'ait plus à frémir en portant ses regards sur un juge qu'il reconnoîtroit pour avoir été traître ou parjure.

Je souhaite que, d'après les réformes et les additions si souvent faites aux lois, on les résume sous la forme la plus courte, la plus simple et la plus claire, ainsi qu'avoit fait Louis XIV, et que, sous le nom de Louis-le-Désiré, ou le Régénérateur, il ne reste plus qu'un seul code où soient réunies toutes nos lois en vigueur ; et que, si le nom de Napoléon ne peut être effacé de nos annales, il le soit du moins de tous nos monumens, en sorte que l'œil français ne puisse en retrouver les traces nulle part, de même que l'on devroit être assuré de ne plus entendre prononcer son nom.

Je souhaite qu'on mette en balance les anciennes formes des jugemens criminels avec les nouvelles, et qu'on s'en tienne à celles qui préviennent le crime prêt à naître, et punissent rigoureusement le crime commis.

Je souhaite qu'on arrête bientôt cette facilité funeste avec laquelle les jurés, les juges et les avocats pallient les crimes, et font rentrer dans la société des monstres qui n'existent que pour y porter le désordre.

Je souhaite que désormais le gain d'une cause ne dépende plus que du bon droit, et non d'une pompeuse éloquence, arme souvent trompeuse et favorable à l'iniquité : tout ce qui est simple, net et concis, devant être préféré à une prolixité qui use le temps et la patience, et bien des fois écarte la justice.

Je souhaite qu'une police active, ferme et lumineuse, remplace le timide entortillage de celle qui a existé jusqu'à présent, et qu'un sommeil affecté ne nous laisse pas surprendre par un ennemi qui ne dort jamais. Une sentinelle qui n'avertit pas de tout ce qui se passe devant son poste, ne mérite point de grâce.

Je souhaite que tout agent de police, à commencer par le chef jusqu'au dernier de ses employés, ne puisse considérer son état sous un point de vue purement lucratif; mais qu'il l'envisage sous celui, bien plus honorable, d'une sauve-garde établie par un gouvernement paternel qui ne cesse de veiller à la sûreté publique.

Je souhaite qu'une gendarmerie vigilante, vigoureuse et incorruptible, choisie parmi les membres de l'armée, qui auront le mieux mérité, soit promptement en activité; qu'elle soit partout honorée ; et que l'amour de son devoir lui mérite le premier titre parmi les serviteurs armés du royaume.

Je souhaite que l'on institue, avec la même promptitude, des tribunaux tels qu'il en existoit autrefois sous le nom de prévôtés, lesquels avoient l'attribution de juger certains délits dont la répression exige de la célérité, afin de comprimer toutes les sources de licence insurrectionnelle, et d'en imposer tout à la fois aux agitateurs et à leurs dupes.

Je souhaite qu'on voie renaître, dans toutes les administrations, l'esprit de pureté dont on les a vues animées autrefois, et qui est l'âme de la confiance; que tous les agens qui les composent se rappellent qu'ils sont faits pour les places, et non les places pour eux; qu'ils arrêtent le fléau terrible de l'égoïsme, qui s'étend sur toutes les classes, et qui, si l'équité n'étoit plus rappelée aux places, finiroit (je frémis de le dire) par rendre le gouvernement égoïste lui-même. Je le dis sincèrement : si j'étois appelé à une place dans le gouvernement, je voudrois présenter mon bilan avant de l'occuper, afin que mon intégrité fût immédiatement constatée au moment où j'en sortirois. Des conseils bien composés et attachés à chaque administration seroient, à cet effet, infiniment précieux.

Je souhaite que, dans ce siècle, qui se qualifie siècle de lumière, on n'ait plus sujet de se plaindre que néanmoins l'ignorance y domine.

Je souhaite, pour arriver à ce but, que tous les Français, jaloux de mériter d'être appelés *bons Français*, s'instruisent ; que, portant sans prévention ni partialité leurs regards vers l'ombre du cardinal de Richelieu, ils mettent en balance le bien que son ministère nous a fait, à côté du mal que certains hommes lui reprochent ; qu'ils disent de bonne foi si ce grand homme, en comprimant les factieux, n'a pas fait le bien général, si l'on ne respiroit pas librement sous ce règne ; et que l'on compare ensuite le régime insurrectionnel et insupportable qui nous comprime depuis vingt-cinq ans.

Je souhaite que l'éducation reprenne des principes qui rendent les hommes meilleurs, et qui les forment aux choses pour lesquelles ils auront une véritable aptitude. Sans penser au rappel d'un ordre justement célèbre, je me représente les grands hommes que cet ordre a formés, les grandes vertus qu'il a développées, et le bonheur que goûtoient les familles en lui confiant leurs enfans. Ne seroit-il donc pas possible d'espérer qu'il se reformât une société qui, sous des garanties morales et religieuses, douée des mêmes lumières, et animée du même esprit, seroit spécialement chargée de l'éducation première ?

Je souhaite que le bruit du tambour n'assourdisse plus nos oreilles, et qu'il ne retentisse plus que dans les camps, ou seulement dans les grandes occasions.

Je souhaite qu'en faisant disparoître des col-
léges les principes, les trophées et les images du
tyran usurpateur, on y replace celles du Sau-
veur du Monde, auquel doivent revenir nos
vœux, nos hommages et nos respects, que l'on
rende à ses ministres l'estime que beaucoup
d'entre eux n'ont pas cessé de mériter, et dont
tous deviendront de plus en plus dignes, quand
on les aura placés au-dessus de l'indigence.

Je souhaite que l'amour filial redevienne la
plus précieuse et la plus chérie de nos vertus ;
que les enfans, ne dédaignant plus la profession
de leurs pères, ne rougissent pas de l'adopter ;
que, s'ils avoient l'ambition de s'élever, ce ne
soit que dans l'espoir de devenir utiles, et non
par un méprisable principe de cupidité.

Je souhaite que, comme dit le proverbe ,
chacun en revienne à ses moutons, que nous
chassions les loups de la bergerie, et que, sous
la houlette protectrice de notre royal berger ,
on sache se trouver plus heureux en faisant des
souliers, en vendant son drap, en faisant valoir
son domaine, en plantant ses choux, et en culti-
vant son jardin, qu'en passant son temps à lire
des gazettes, à battre le pavé, à courir les lieux
publics, et à se mêler de politique, que l'on en-
tend presque toujours de travers, et qui n'amène
rien de bon.

Je souhaite que les dignités de l'Etat, n'étant
plus remplies que par des hommes honorables ,
soient respectées et considérées, d'abord par

ceux qui en sont revêtus, et ensuite par ceux
qui doivent leur être subordonnés.

Je souhaite que l'on ne succède héréditaire-
ment à ces hauts rangs, que lorsque l'on s'en
sera rendu digne par des mœurs, une conduite
et une capacité éprouvées, toute dignité en mi-
norité devant être temporairement occupée par
un suppléant.

Je souhaite qu'on ne demande plus à cumuler
des places pour n'en remplir aucune ; je n'aime
pas que mon commandant, mon gouverneur,
mon médecin ni mon confesseur soient à cent
lieues de moi.

Je souhaite que personne, par une popularité
mal entendue, ne compromette son rang. La
tabatière du soldat n'a rien de commun avec
celle de son capitaine.

Je souhaite, par une égale raison, que l'élé-
vation ne devienne, en aucun cas, un motif d'or-
gueil et d'impudence, d'autant mieux que cela
ne peut ôter à personne le juste droit de l'ap-
précier.

Je souhaite que le poids des années redevienne,
comme dans notre origine, l'objet de nos soins
et de notre vénération, que des vieillards ne
soient pas réduits au point d'avoir à regretter
d'être pères ou d'avoir trop vécu, douleur d'autant plus affreuse, que rien ici bas (dirai-je?), même
au-delà de la vie, ne peut dédommager des mo-
mens que l'on a passés dans les souffrances morales, et à gémir des chagrins domestiques que

nos plus proches nous font éprouver quelquefois. Jeunesse, sachez que, si la vieillesse ne
pèse pas encore sur vous, elle y pesera un jour.
Moïse n'a-t-il pas dit : « *Honorez la face du
vieillard ; c'est à la multitude des années à enseigner la sagesse.* »

Je souhaite que les hommes en reviennent à
ne plus dédaigner la saine morale, au point de
mépriser les maximes des auteurs anciens et
modernes, dont la sagesse n'étoit ni illusoire ni
vaine. Quel est le cœur assez dénué de sensibilité, pour ne pas goûter du charme à se pénétrer de ce qu'ont dit Platon, Cicéron, Fénélon
et autres, sur les devoirs, la religion, l'amitié
et les vertus domestiques ?

Je souhaite au moins que ceux qui sont empêchés de s'adonner à la lecture de ces auteurs,
aiment à s'entretenir avec des hommes instruits,
de bonnes mœurs et de bonne réputation ; cela
produiroit infailliblement l'heureux effet de
bannir de la société la dégoûtante et oiseuse
frivolité du jour.

Je souhaite, puisque *l'oisiveté est la mère de
tous les vices*, que les désœuvrés aient le bon
esprit de s'abstenir de porter leur ennuyeuse
nullité dans tant d'endroits où ils se rendent
insupportables. Les vicieux, les immoraux,
ainsi que ceux qui se jouent de tous les devoirs,
devroient inspirer un tel mépris qu'on les rejetât
de partout.

Je souhaite que, pénétré du poids douloureux

des maux dont est frappée si cruellement cette belle France, autrefois la terre promise de l'Europe, nous ne les augmentions point par de l'aigreur et de vains murmures; rendons - nous compte sincèrement de notre immoralité qui les a causés; et que cela serve à les réparer.

La source de la vie provient de l'union des sexes; le principe de l'honneur est dans l'édification que donnent les pères et mères. Si le mariage n'est pas un lien sacré, si les bonnes mœurs n'en sont pas la base, si l'on se joue de la foi promise, et si l'on ne frémit pas sur l'infamie que la légèreté et l'oubli des principes versent sur une postérité adultérine, il n'est plus nécessaire de former des liens que les lois divines et humaines ont consacrés, et il faut renoncer désormais à tout ce qui est respectable et sacré.

Je souhaite donc que des idées plus saines nous rappellent à la dignité de notre être, que nous reprenions notre amabilité première, avec nos liens et nos vertus domestiques, ayant en horreur tout ce qui tendroit ou à les détruire ou à les altérer.

Je souhaite que toutes les personnes qui ont vécu sous le règne de Louis XV, et qui ne fréquentoient que la bonne compagnie, fassent souvent, dans les cercles qu'ils parcourent aujourd'hui, le tableau des usages, des mœurs, de la politesse, des bienséances et des égards qui s'observoient dans cette bonne compagnie; de la réunion qui s'y faisoit des familles, du bonheur d'y attirer les parens et les amis, de leur offrir sa table, et de leur procurer tous les plaisirs honnêtes et aimables que l'on goûtoit dans le monde policé, qu'une fausse philosophie est venue corrompre.

Je souhaite que ces récits faits avec fidélité et sans exagération, frappent assez les personnes qui les entendront, pour leur faire non-seulement regretter ces heureux temps, mais pour les décider à reprendre ces mœurs si douces et si consolantes.

Je souhaite que chacun reprenne le gouvernement de son ménage, resserre les liens qui l'unissent à sa famille, et ne perde plus le bonheur domestique, par l'éloignement et la dissipation des pères et des enfans, qui, pour se dégager ou s'affranchir de la gêne des bienséances, vont au dehors payer bien cher une liberté cynique dont ils doivent rougir.

Je souhaiterois, si je ne m'attendois à passer pour ridicule, que l'on en revînt à faire du livre suranné et si discrédité de la *Civilité Puérile et Honnête*, la première lecture et la première étude de l'enfance. Ce livre au moins n'inspireroit aucune idée dangereuse ni malfaisante; les grands hommes du siècle passé qui l'ont étudié, n'en ont pas eu pour cela des idées plus rétrécies; et il ne seroit pas aisé d'en citer un seul qui se fût, comme on en voit plusieurs aujourd'hui, fait remarquer par sa grossièreté et par la licence effrénée dont ils font parade.

Je souhaite (et c'est avec le plus vif serre-
ment de cœur) pouvoir, avant que mes yeux
se ferment à la lumière, contempler un monument
élevé à la mémoire des immortels Louis XVI, Marie
Antoinette, Mme Elisabeth, et Louis XVII. On y
verroit représentée la France éplorée, rappelant
aux Français ces jours ineffaçables de deuil où
l'amour, la haine et le remords eurent, tout à la
fois, à pleurer sur le sort de ces illustres victimes
de la frénésie révolutionnaire.

Je souhaite que nous portions enfin un dernier
regard sur une des choses les plus pénibles à dire,
mais qui ne peut être indifférente aux âmes sen-
sibles. Un malheur inséparable de l'humanité, est le
crime; le crime ne peut, sans le danger le plus
imminent, demeurer impuni; et tel criminel ne
peut rester en vie, sans que la vie de ses semblables
ne soit à tout instant exposée. Tous les peuples
du monde l'ont tellement senti, que tous ont
établi la peine de mort contre ces crimes. Une
philosophie aveugle, ou plutôt affectée, a seule
tenté d'abolir cette peine. Mais un de ces
philosophes, je le demande, auroit-il voulu faire
société avec un meurtrier échappé ainsi au supplice? La peine de mort ne peut donc être abolie.
L'homme qui pourroit être tenté de commettre le
crime, seroit arrêté à l'aspect d'une loi inexo-
rable. Cette peine salutaire sera un frein pour
le méchant.

Mais je souhaiterois qu'un certain public ne
pût désormais avoir occasion de voir répandre

le sang, et que le supplice dit de *la guillotine*, fût aboli à jamais. Mille raisons, dont une impérative, le demandent depuis long-temps.

Je souhaiterois que les crimes vils et infamans subissent une peine plus infamante. La potence y avoit été affectée sans réclamation avant les idées *libérales*, qui n'ont pas diminué le nombre des criminels.

Les crimes des militaires s'expioient par les armes à feu, (comme aujourd'hui.) Les crimes d'Etat ne pourroient-ils pas être punis à l'instar des Romains, qui précipitoient de la roche Tarpéienne ceux qui s'en rendoient coupables ?

Je conclus par souhaiter qu'après la restauration générale, le Roi redevienne le plus grand et le plus glorieux, notre monarchie la plus puissante, nos généraux les plus habiles, nos ministres les plus éclairés et les plus sages, nos juges les plus intègres, et nos concitoyens les plus fortunés de la terre.

Tels sont les souhaits que mon cœur me dicte pour le salut de la patrie et le bonheur de tous! Ils auroient peut-être moins de chaleur, si j'avois eu la prétention de mieux dire. L'éloquence n'est pas mon partage, mais mes sentimens m'en dédommagent. J'ai toujours aimé ma patrie, je l'ai servie du mieux qu'il m'a été possible; j'ai adoré mes rois, et je mourrai content si, après avoir vu l'héritier de saint Louis remonter sur son trône, si, après l'avoir suivi dans ses malheurs, après avoir partagé ses peines, celles de son au-

guste famille et de tous les bons Français ; mes
frères et mes amis, je puis voir la moralité renaître,
les factions s'éteindre, les factieux se convertir,
toute la France enfin réunie de cœur, de sentimens et d'amour pour son Roi ; je ne demande
plus rien. Et si cette foible production, toute
informe et toute imparfaite qu'elle est, a pu me
mériter l'estime de mes lecteurs, je suis trop
payé ; et je pourrois alors m'écrier :

Nunc dimittis servum tuum, Domine.

FIN.